LUD. JAN

DANS LA BRUYÈRE

PRÉLUDE DE LOUIS TIERCELIN

I. LES IMPRESSIONS. — II. LES RÊVES

Ouvrage couronné par l'Académie des Muses Santones

RENNES
H. CAILLIÈRE
ÉDITEUR

ROYAN
MUSES SANTONES
BOULEVARD THIERS

1891

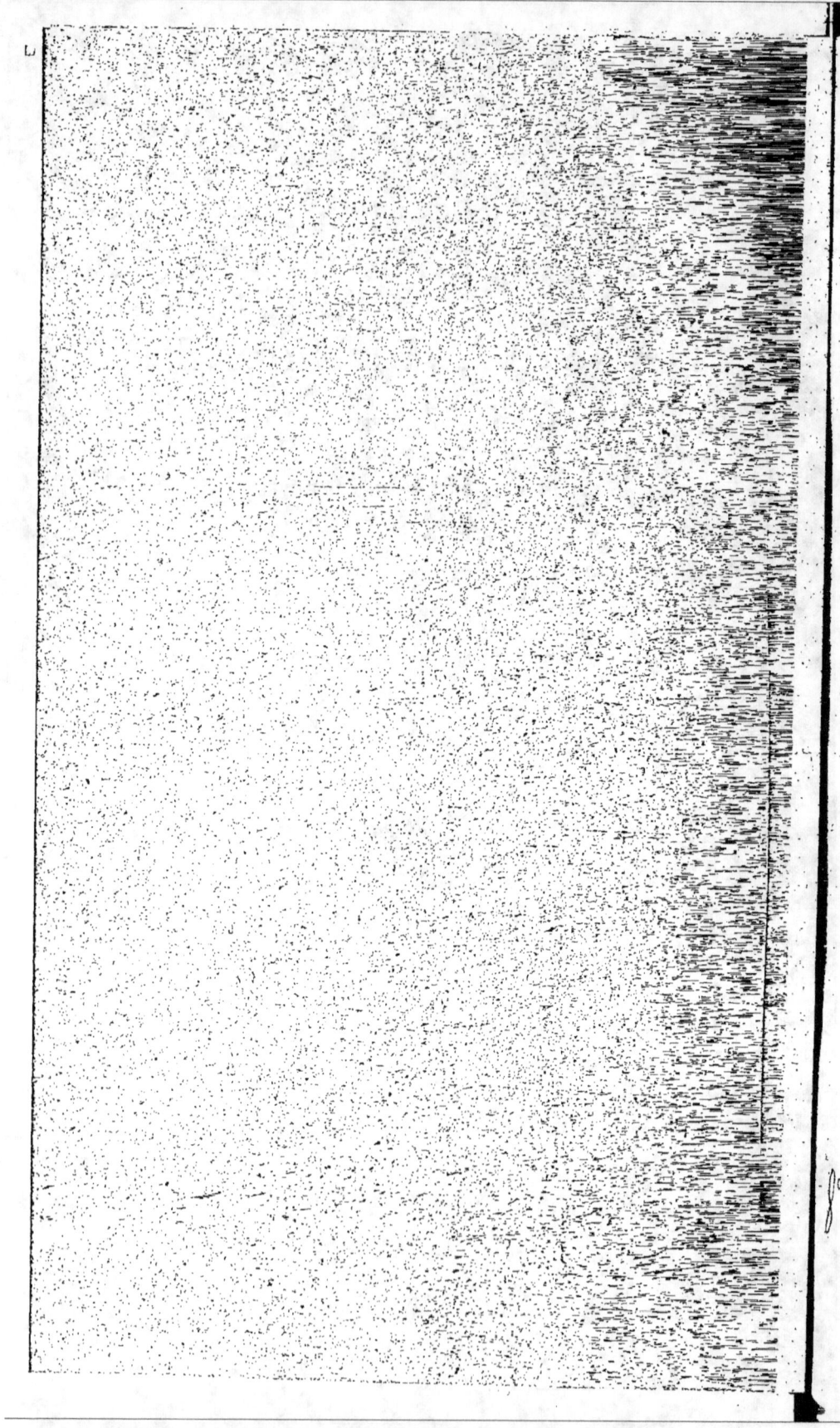

LUD. JAN

DANS LA BRUYÈRE

PRÉLUDE DE LOUIS TIERCELIN

I. LES IMPRESSIONS. — II. LES RÊVES.

Ouvrage couronné par l'Académie des Muses Santones

RENNES
H. CAILLIÈRE
ÉDITEUR

ROYAN
MUSES SANTONES
BOULEVARD. THIERS

1891

PRÉLUDE

DANS LA BRUYÈRE

POUR LUD. JAN

Le Poète est couché dans les bruyères roses...
Le soir autour de lui se fait silencieux.
Ses bras se sont ouverts, ses paupières sont closes,
Et, dans l'apaisement de la terre et des cieux,
Tout son être s'enivre à la douceur des choses.

Mais le pâle soleil lent et grave descend
Vers le couchant de pourpre où le regard se borne;
Et l'astre disparaît à l'horizon, laissant,
Afin de prolonger l'heure de l'adieu morne,
Un reflet de sa gloire au ciel incandescent.

Et voici que, là-haut, s'épaississent les voiles
De l'ombre bleue où tout s'enveloppe et s'endort;
Au firmament déjà la lune tend ses toiles,
Où viennent s'accrocher, comme des mouches d'or,
Le lumineux essaim des tremblantes étoiles.

Soudain, la nuit plus noire a croulé comme un poids
Lourdement sur le cœur inquiet du poète.
Il se dresse, sentant, par tous ses membres froids,
S'enrouler le frisson de cette horreur muette
Où ses yeux ont perçu d'invisibles effrois.

Et puis, voici le jour. Des lumières très douces
Se forment et bientôt se détachent dans l'air

Sur les arbres, sur les buissons et sur les brousses ;
Par flocons on les voit tomber du ciel plus clair,
Piquant de petits points radieux dans les mousses.

Avec un long soupir s'arrachant au sommeil,
La terre a tressailli sous la tiède caresse ;
De tous côtés le jour resplendit plus vermeil,
Et, dans le pur éclat de l'aube enchanteresse,
Majestueusement se lève le soleil !

           *
         * *

Vous vous les rappelez, cher Poète, ces heures
De l'enfance joyeuse et libre à travers champs ;
Vous en avez fixé les souvenirs touchants
En des pages qui sont peut-être vos meilleures.

Vous avez parcouru nos longs petits sentiers,
Escaladé nos hauts talus. Dans nos prairies

Vous avez égaré vos lentes flâneries
Et rêvé dans nos bois pendant des jours entiers.

Vous avez respiré l'odeur des fraîches herbes,
Écoutant les oiseaux vous dire leurs chansons;
Promptes à la cueillette et promptes aux moissons,
Vos jeunes mains ont fait des bouquets et des gerbes.

Vous avez su les durs travaux des paysans,
Les labeurs obstinés sur les sillons voraces;
Dans le sol entr'ouvert vous avez vu les traces
De la vaine action des hommes et des ans.

Et vous avez appris les choses de la terre,
Et vous avez connu tous les êtres d'en bas :
Les haines, les désirs, les amours, les combats,
Voués par leur silence à l'éternel mystère.

Vous avez regardé le ciel aussi. Vos yeux
Ont cherché dans l'azur des routes non tracées,

Vers ces mondes lointains qui hantent nos pensées
Et courbent désormais votre front soucieux.

Mais ce n'est pas en vain qu'on scrute les nuages
Et ce n'est pas en vain qu'on a couru l'azur;
Le regard du poète en redescend plus pur
Et pour jamais son âme est pleine de mirages.

Toutes les visions que vos yeux grands ouverts
Ont vu passer au ciel de Bretagne, ce livre
A fixé leur splendeur éparse et nous en livre
Le secret merveilleux dans le charme des vers.

Vos vers, nous les aimons comme la fleur des landes,
Rose sous le ciel gris, vivace en maigre sol;
Les abeilles pourtant la couvrent de leur vol
Et nos enfants toujours y cueillent des guirlandes.

Cependant qu'on en fait des bouquets et du miel,
Un pâtre dont la voix franche et claire est touchante,

Un jeune pâtre assis dans la bruyère chante,
Les mains pleines de terre et les yeux pleins de ciel.

                                        LOUIS TIERCELIN.

PREMIÈRE PARTIE

LES IMPRESSIONS

AU MAITRE BRETON LOUIS TIERCELIN

L. J.

LES LANDES ET LES GRÈVES

A Victor Thomas

Je me souviens encor des landes et des grèves.
Du sommet des menhirs j'ai contemplé jadis,
Dans le brouillard des mers, le vol des premiers rêves
Emportant mes espoirs vers les bleus paradis.

Oui, c'est là que fleurit mon enfance éphémère.
Dans la plaine où les blés roulent des vagues d'or,
J'ai regardé flotter une auguste chimère,
Jusqu'à l'ombre lointaine où la forêt s'endort.

Voici l'étroit sentier bordé par des fleurs blanches :
Je marchais à pas lents, je murmurais des vers;
Il fallait me baisser pour passer sous les branches,
Et je voyais l'azur entre les rameaux verts.

L'avenir souriait à mon âme enfantine;
Il savait revêtir de si riches couleurs,
Quand la brise de mai, secouant l'aubépine,
Baignait mes cheveux noirs d'une neige de fleurs.

Mais, lentement, le ciel triste, les mers sauvages,
Pénétrèrent mon cœur de solennels effrois;
Et ma jeunesse en deuil erra sur les rivages
Où des menhirs païens sont mêlés à des croix.

Nul ne peut échapper à l'attrait du mystère,
Devant les vastes flots et l'infini du soir :
La pensée est plus grave et l'âme plus austère,
Et l'homme est soulevé par un immense espoir.

Le soleil, reculant à l'horizon sans bornes,
Fait rêver les regards d'une autre immensité;
La mort semble guetter au bord des écueils mornes;
D'immobiles granits parlent d'éternité.

Les Bretons ont encore un autel et des prêtres :
Entêtés dans l'espoir des lendemains plus beaux,
Ils vont vers l'avenir en songeant aux ancêtres
Et vivent gravement au milieu des tombeaux.

Plus immuable encor que ton roc solitaire,
Enfoncé dans les flots qui l'assaillent toujours,
Tu gardes, ô Bretagne, aux confins de la terre,
Pour éclairer nos soirs la foi des anciens jours;

Et, comme tes vaisseaux, joyeux, ouvrent leurs voiles,
Dès que s'allume au ciel la mystique Stella,
Tu passes dans la nuit, le regard aux étoiles,
Sûre qu'un Dieu te guide et que le port est là.

2·

*
* *

Landes, grèves, salut ! — Et toi, terre natale,
Merci de m'avoir fait le rêveur ingénu
Que tentent les lointains de l'ombre occidentale,
Et qu'attire au couchant un désir d'inconnu.

Tu m'as montré, plus haut que la foule qui passe,
Hors de ce cercle étroit où l'homme fut banni,
Les abîmes égaux du temps et de l'espace,
Dont l'idéal divin étoile l'infini.

Je n'ai pas vainement sur les bruyères roses,
Au hasard du chemin semant mes jours amers,
Contemplé l'attitude inquiète des choses
Dans le deuil éternel des landes et des mers.

Je n'ai pas vainement apaisé ma souffrance,
Parmi les vagues bruits des flots mystérieux,

Et cherché dans la foi l'immortelle espérance,
Aux marches du calvaire où priaient les aïeux.

Je porte dans mon âme une clarté profonde.
Comme en un blanc linceul un mort enseveli,
A travers les orgueils et les dédains du monde,
Je marche enveloppé de silence et d'oubli.

Tel qu'un arc triomphal sur la mer Atlantique
Où doit passer, vainqueur, mon rêve illimité,
Là-bas, à l'occident, le ciel mélancolique
Courbe son dôme bleu dans l'or du soir d'été.

LA MORT DU TAUREAU

A Leconte de Lisle

C'est un taureau géant qu'on mène à l'abattoir.
On n'a plus peur du roi monstrueux des collines,
Car un cercle de fer traverse ses narines ;
Et les petits enfants suivent sur le trottoir.

Lui, superbe, du feu dans ses rouges prunelles,
Il marche en hésitant au murmure des voix,
Ne reconnaissant plus les rumeurs des grands bois
Ni les bleus horizons des landes maternelles.

Impassible toujours sous les coups insultants,
Sans se hâter jamais en sa massive allure,
Il secoue un instant sa peau rugueuse et dure,
Comme il faisait, l'été, quand il chassait les taons.

Alors, vers ses flancs roux tournant sa grosse tête
Et fouettant ses jarrets de sa queue au poil ras,
Il s'arrête, stupide, et regarde là-bas,
Prêt à fuir au lointain dans un bruit de tempête.

Hier, il courait ainsi par les prés du vallon.
Fauve, éperdu, farouche, il allait en aveugle ;
Et les pâtres disaient : « Ecoutez-le qui beugle ! »
Et fuyaient en voyant ce vivant tourbillon.

Cependant, par surprise, on lui mit une entrave :
Et les troupeaux du bourg virent passer, honteux,
Ce roi que des bouviers conduisaient devant eux,
De leurs vils aiguillons excitant son pas grave.

*
* *

C'est le soir. Le taureau traverse la cité.
Lui, le rêveur géant des vastes solitudes,
Il est dépaysé parmi les multitudes,
Où manquent à la fois l'air et la majesté.

On fait halte devant une porte qui roule :
C'est ici ! Mais soudain, l'œil sournois, et baissant
Par un suprême effort son cou rude et puissant,
Il se tourne en arrière et fait face à la foule.

Alors, des travailleurs aux bras sanglants et nus
L'entraînent brusquement sur le seuil redoutable,
D'où ne s'exhalent point les parfums de l'étable,
Mais les âcres odeurs de meurtres inconnus.

Devant lui, le boucher colossal se prépare :
Il lève sa massue et la fait tournoyer ;

Puis, d'un terrible coup qui le force à ployer,
Il le frappe à la tête avec un « han! » barbare.

Un instant, le taureau, sur lui-même affaissé
Sous le poids accablant d'immobiles ténèbres,
Sent trembler ses jarrets et fléchir ses vertèbres :
Mais, les deux bras tendus, l'homme s'est redressé.

D'un mouvement rythmique il frappe entre les cornes :
Le taureau tombe; il râle; et dans ses yeux éteints
Passe la vision des pacages lointains
Et des soleils couchants sur les landes sans bornes.

*
* *

Encor, si tu mourais vaincu par un rival,
En un choc furieux, pour quelque vache brune,
O Roi, sous la clarté sereine de la lune,
Dans la bruyère en fleurs de ton landier natal!

Les oiseaux effrayés s'envoleraient des branches ;
La terre frémirait de douleur et d'effroi,
Et la Nature en deuil déroulerait sur toi
Le noir linceul des nuits semé de larmes blanches !

UN CAPRICE

A Louis Beaumont

Nous allions dans les bois par une nuit d'étoiles ;
Car c'était son caprice : elle avait voulu voir,
Loin de la vieille ville et du morne comptoir,
Le soir mystérieux tramer ses sombres toiles.

Puis, avant de partir, elle avait lu des vers
Qui, berçant les espoirs et les mélancolies,
Parlaient très doucement d'amours ensevelies
Dans l'immuable paix des arbres toujours verts.

3

Elle songeait peut-être, en son âme troublée,
Que le soir est plus beau sous des rameaux flottants,
Et qu'il est bon d'errer, quand on aime à vingt ans,
Dans les chants de la Grève ou le deuil de l'Allée.

Et moi, j'étais heureux de ce rêve charmant :
Car je croyais encore à ces visions blanches
De femmes qui s'en vont dans le frisson des branches,
Et dont l'immense amour dure éternellement.

*
* *

Tremblant d'effaroucher une âme qui s'élance
Vers les bleus paradis où le rêve est éclos,
Je lui disais tout bas, avec de longs sanglots :
— O Femme, parle-moi dans ce divin silence ! —

Le ciel m'enveloppait de sa pâle clarté,
A travers l'épaisseur des millions de lieues :

Mais je ne voyais plus que ses prunelles bleues,
Profondes comme un lac par un matin d'été.

Les grands arbres, noyés sous la brume sereine,
Autour de nous flottaient vaguement dans la nuit :
Mais dans un tel lointain s'apaisait chaque bruit,
Que je n'entendais plus que sa tranquille haleine.

Oh ! que de soirs les bois m'ont surpris à penser !
Mais par la calme nuit j'étais tremblant de fièvres ;
Et je ne songeais plus qu'à ses deux roses lèvres,
Et mes lèvres s'ouvraient en cherchant son baiser.

*
* *

Elle me dit alors, de sa voix dédaigneuse :
« Voilà donc les forêts sous l'or des firmaments,
Où les poètes font errer les fiers amants
Dont la nuit douce endort l'âme mystérieuse !

« Je m'ennuie en ces lieux. J'ai peur : mon front pâlit !
Comment peut-on s'aimer sous ces voûtes moroses?
Rentrons. Dans le jardin nous cueillerons des roses :
Tu les effeuilleras pour parfumer mon lit. »

Je l'écoutais parler, pris d'une angoisse amère.
En mon cœur s'écroulait le Rêve épouvanté;
Et, comprenant soudain sa trompeuse Beauté,
Je cherchais dans sa voix un lambeau de chimère.

Tout ce que j'avais mis d'infini dans ses yeux,
Tout ce que j'avais mis d'idéal dans son âme,
S'enfuyait brusquement à cette voix de femme
Parlant d'un ton léger du mystère des cieux.

Et je sentis combien l'illusion est brève...
— Elle avait, en sa fleur, un bel air nonchalant,
Et, sous les blonds cheveux qui doraient son col blanc,
Un cerveau trop étroit pour porter un grand rêve.

LE BOUVIER

A l'abbé A. Lefranc

Quand les bœufs accouplés entraînent la charrue
A travers le sol gras qui fume au jour levant,
Le bouvier qui les guide avec sa voie bourrue,
Dans l'éveil matinal s'en va seul et rêvant.

Il ne voit pas les fleurs que courbe la rosée,
Il n'entend pas frémir les nids dans les rayons :
La lourdeur de la terre a gagné sa pensée,
Et son souffle se mêle aux brumes des sillons.

3·

Ses bœufs ont l'air éteint des animaux stupides.
Sans soupçonner encor la fête du matin,
Ils ouvrent par moment leurs narines avides
Pour humer dans le ciel un arôme lointain.

Quand ils font une halte après un travail rude,
Leurs yeux roulent plus vite, hébétés de sommeil;
Et, s'arrachant soudain à leur morne attitude,
Ils beuglent lentement du côté du soleil.

Mais lui, le dur bouvier, il regarde la terre :
Enfant, il a grandi sur son sein colossal;
Et sans rien entrevoir de son profond mystère,
A l'horizon des blés il borne l'idéal.

Eh bien ! il l'aime ! il l'aime avec l'ardeur d'un mâle,
Cette terre féconde et trompeuse parfois,
Sans plus s'inquiéter de l'aube rose ou pâle,
Des parfums de la fleur et des frissons des bois.

Et l'on croit voir, alors qu'il travaille et chemine,
Un formidable fils du monde primitif,
Qui boit, mange, s'endort, toujours courbe l'échine,
Et de la glèbe antique est à jamais captif.

Au soleil, devant lui, la terre s'ouvre et fume;
Les bœufs vont lentement d'un pas rythmique et sûr;
Leurs muffles sont baignés par une blanche écume,
Et leur haleine d'or s'envole dans l'azur.

LA LANDE

A Hyacinthe Caillière

Le soir où je sentis l'immense lassitude
De l'âme m'accabler pour la première fois,
J'avais autour de moi la grise solitude
Où la lande se perd au milieu des grands bois.

Un sol nu, dévasté par l'éternel orage,
Où montaient çà et là les spectres des menhirs,
Déroulait à mes yeux son horizon sauvage,
Linceul géant jeté sur de fiers souvenirs.

Des lointaines forêts, immobiles dans l'ombre,
Un souffle large et fort, comme le vent des flots,
Accourait en sifflant dans la bruyère sombre
Et berçait mon angoisse avec ses longs sanglots.

C'est là que j'ai connu la détresse infinie
D'être seul, à jamais seul sous le ciel béant,
D'accepter en vaincu l'aveugle calomnie,
De maudire le ciel et d'aimer le néant.

Dans ces lieux désolés la tristesse était bonne :
Un chêne, sans rameaux et tordant son tronc noir,
Essayait d'arracher à la terre bretonne
Sa racine, rendue énorme par le soir.

Les rocs montraient, penchés vers la nuit des vallées,
Leurs dos que le déluge autrefois a polis ;
Et souvent on eût dit que des formes voilées
Rôdaient confusément au bord des cieux pâlis.

La lune, lourd flambeau roulé par les nuages,
S'allumait dans l'espace et versait en songeant,
Sur l'amère douceur des blêmes paysages,
Sa clarté funéraire et ses larmes d'argent.

Sous un dolmen croulant brillait un feu de pâtre :
Et mes rêves ailés, loin du monde réel,
S'envolaient au hasard au fond de l'air bleuâtre,
Comme ce feu dansant dans la clarté du ciel.

A ta mélancolie unissant ma souffrance,
O Lande! je sentais s'apaiser par degré
Le terrible sanglot de ma désespérance,
Et j'endormais mon cœur dans ton repos sacré.

LA FANEUSE

A Edouard de Kerdaniel

Les reins cambrés, les bras tendus, le rire aux lèvres,
Elle enlève le foin de sa fourche de bois.
Regardez : ce n'est pas la fille aux pâleurs mièvres,
Qui marche à pas comptés et fait traîner sa voix.

Non, c'est la paysanne active, presqu'un mâle.
Entêtée au travail, sans soif et sans sommeil,
Sans craindre pour son teint les morsures du hâle,
Elle passe en riant dans les feux du soleil.

A chaque mouvement, sous son fichu de toile,
Ses seins, que nul corset jamais n'osa meurtrir,
Se tendent puissamment sans souci d'aucun voile;
Et, la jambe avancée, elle semble s'offrir.

Les jeunes gens joyeux peuvent railler et rire :
Elle sait aussi rire et répondre au besoin;
Et plus d'un qui plaisante, en lui-même l'admire,
Toujours forte et debout sur les vagues du foin.

La sueur de son front coule sur sa poitrine.
Enfin, elle s'arrête et respire un moment:
La charretée est faite! Au bas de la colline
Déjà l'ombre du soir tombe du firmament.

Maintenant, qui sera la reine de la fête?
Mais les gars l'ont portée entre leurs bras nerveux:
Et la voilà là-haut qui balance la tête,
Sur le sommet du char, au lent roulis des bœufs.

C'est ainsi que bientôt, reine puissante et belle,
Elle fait son entrée à la ferme, au milieu
De l'odeur des foins secs qui s'exhale autour d'elle,
Dans les rires de joie et la paix du ciel bleu.

LES BOIS

A Ambroise Gourdel

O bois, je vous aimai tout enfant ! Voyageur
En un rêve attardé sur un monde qui passe,
J'aimais déjà le bois, le bois calme et songeur,
Qui bruit dans la paix et qui croît dans l'espace.

Profondeur des forêts, immensité des cieux !
Le noir fourmillement des cités m'importune ;
L'horizon des murs gris a fatigué mes yeux :
Je rêve de sapins baignés d'un clair de lune.

Au penchant des coteaux je les revois toujours :
Eternellement verts, robustes et sonores,
Ils ne sont pas flétris par le hâle des jours
Et gardent au couchant la fraîcheur des aurores.

Sous le ciel infini, pendant les nuits d'été,
Ils ont des étangs bleus que ferme un cercle d'ombre,
Et qui, sous les rameaux reflétant la clarté,
Semblent des pans d'azur tombés dans l'herbe sombre.

Il n'est pas un seul coin de mousse ou de hallier
Qui ne m'ait vu sourire à la vie inconnue ;
Et maintenant encor mon rêve d'écolier
Est resté quelque part accroché dans la nue.

Je ne suis plus l'enfant chercheur de papillons
Qui courait sans souci parmi l'herbe mouillée,
Quand le soleil faisait de ses joyeux rayons
Resplendir une averse à travers la feuillée.

Je ne suis plus l'enfant dont le chant des oiseaux
Consolait aisément la tristesse sans cause,
Et qui, jetant des fleurs au courant des ruisseaux,
Bornait son avenir au destin d'une rose.

Une immense détresse a dévoré mon cœur :
Vous ne chanterez plus qu'au fond de ma mémoire,
O radieux refrain de mon passé vainqueur !
Je ne sais plus aimer et j'ai grand'peine à croire.

Ma lèvre a désappris les sourires charmants ;
J'ai vu que l'avenir était plein de mensonges.
Je ne trouverais plus sous les rameaux dormants
La sente où l'on se perd en effeuillant des songes.

Puisque je n'ai pas su cueillir les longs espoirs,
Je cherche, triste et seul, l'oubli d'un monde infâme :
Mais le deuil de mon cœur a rendu les cieux noirs,
Et dans les vagues bruits j'entends pleurer mon âme.

La forêt est sinistre; et son murmure, hélas !
Qui berçait doucement mes songes éphémères,
Dans mon cerveau lassé résonne comme un glas
Sur les spectres peureux de mes jeunes chimères.

Et pourtant tu n'as pas changé, dôme béni !
C'est moi qui te reviens plein de doutes moroses :
Le réel m'a donné la soif de l'infini,
La haine des humains m'a fait aimer les choses !

En des teintes qui vont s'affaiblissant, le soir
Se meurt ; et déjà l'ombre ouvre sa lourde toile.
Comme un flambeau qui tremble au fond d'un reposoir,
Dans les lointains du ciel brille une pâle étoile.

Cachez-moi, sombres bois ! et que le firmament,
Pour les orgueils de l'homme et ses honteux désastres,
Comme une église en deuil qu'on voile tristement,
Sur le manteau des nuits fasse pleurer les astres !

4.

LE PATRE

A Théophile Lemonnier

Enfant, j'eus pour ami, dans ma chère Bretagne,
Un pâtre de mon âge, un gars pensif et doux,
Qui, par les nuits d'été, debout sur la montagne,
Chantait d'un ton très lent, comme on chante chez nous.

Toujours sur le même air, d'une voix triste et tendre,
Longuement il berçait son monotone ennui ;
Et les rares passants s'arrêtaient pour entendre
Cette plainte mêlée aux plaintes de la nuit.

Il avait tout le jour couru dans les bruyères,
Sifflant les geais moqueurs et dérobant les nids ;
Mais sitôt que le soir éteignait ses lumières,
Il s'arrêtait, rêveur, sous les cieux infinis.

Des villages lointains, déjà noyés par l'ombre,
Les angélus montaient vers la mort du soleil :
Et la prière ailée allait du clocher sombre
Perdre ses notes d'or dans l'horizon vermeil.

Le pâtre se tenait debout, la tête nue :
Et le signe de croix, qu'il traçait largement,
Prenait dans l'ombre vague une ampleur inconnue
Sur la sérénité du profond firmament.

Puis, quand tout s'effaçait, clochers et clartés roses,
Quand le silence énorme endormait l'horizon
Dans le recueillement mystérieux des choses,
Il écoutait venir le nocturne frisson.

Soudain, les bois heurtaient leurs pensives ramures;
Les ajoncs, les genêts, le chêne frémissant,
S'inclinaient vers la terre avec de sourds murmures,
Comme s'ils avaient peur lorsque la nuit descend.

Alors, mon compagnon s'asseyait sur la pierre :
Ses moutons, effrayés par la fuite du jour,
Bêlaient lugubrement, le nez sur la bruyère,
Et flairaient un danger dans le murmure sourd.

Lui, sans plus de souci, confiant dans sa force,
Il gourmandait son chien, rudoyait le troupeau;
D'un arbuste naissant il arrachait l'écorce,
Et, rustique ouvrier, se taillait un pipeau.

La nuit s'épaississait; et les étoiles douces
Semaient de blanches fleurs le velours bleu du ciel;
Leur tremblante clarté venait frôler les mousses,
Comme les pieds divins de Mab et d'Ariel.

C'était l'heure où les morts qu'évoquent les légendes
Sous la lune blafarde errent, les bras tendus ;
Où les menhirs géants, allongés sur les landes,
Semblent poursuivre au loin les passants éperdus.

Le pastour entonnait une chanson bretonne :
Oh ! qu'il est triste et doux d'écouter cette voix,
Qui, sur un rythme lent, plaintif et monotone,
Mêle l'âme de l'homme aux murmures des bois !

LE BOUC

A Laurent Deschenais

Les vaches aux yeux doux, les bœufs graves et lents,
S'avancent pesamment dans le sentier plein d'ombre,
Où parfois le soleil à travers le bois sombre
Glisse, et met des clartés flottantes sur leurs flancs.

Alors, plissant leur peau sous ces baisers de flamme,
Ils semblent frémir d'aise et se sentir heureux;
Puis, muffle contre muffle, ils se parlent entre eux
Dans un obscur langage où tremble un essai d'âme.

Au premier rang le bouc marche, dressant le front :
Il est maigre ; son poil est gris, son pas rapide ;
Il est seul, en avant, éclaireur intrépide,
Cherchant les rocs ardus pour les franchir d'un bond.

*
*   *

Il s'échappe parfois, pris d'amoureuses fièvres :
Le soir, quand le troupeau rentre sous le portail,
Le pâtre ne voit pas, en comptant le bétail,
Le bouc en rût qu'attire au loin l'odeur des chèvres.

Loin de la ferme, loin des ajoncs familiers,
La peau laissant saillir les os, les yeux en flamme,
Il rôde, tout entier à sa fureur, et brame,
Effrayant les passants au bord des échaliers.

Avec sa barbe blanche et ses yeux de satyre,
Il apparaît soudain au sommet des talus :

Et lorsque des amants cachés ne parlent plus
Il ébauche railleur un étrange sourire.

Tel, quand sonne minuit, se dresse sur les cieux
Satan, roide et debout parmi les buissons mornes :
La lune blême luit dans la fourche des cornes,
Et son rire infernal miroite dans ses yeux.

*
* *

Aujourd'hui, calme et digne, il comprend qu'il protège
Le troupeau ; le soleil argente ses poils blancs ;
Et des gouttes de pluie éparses sur ses flancs
Semblent des diamants jetés sur de la neige.

Mais, sitôt qu'un buisson frissonne tout à coup,
Il tend son front armé de cornes redoutables :
Tandis que les agneaux bêlent vers les étables,
Le pied ferme, il s'apprête à recevoir le loup.

SUR LA COTE BRETONNE

A Guy Ropartz

Ce n'était qu'une lande immense et solitaire,
Océan sans murmure aux horizons ternis,
Déroulant sa broussaille et ses mornes granits
Sous le ciel attristé par un vague mystère.

Au loin rien n'arrêtait le regard désolé,
Que des oiseaux fuyant les rafales prochaines ;
Çà et là, le roulis des sapins et des chênes,
Et quelques frissons d'or sur un sillon de blé.

On sentait la nature avare de tendresse :
Sur le seuil de l'abîme où plonge l'occident,
Pour résister au choc du flot toujours grondant,
Elle avait jeté là cet écueil en détresse.

Les peuples primitifs, dans leur marche en avant,
Avaient dû faire halte au bord des mers sauvages :
Mais ils avaient semé ces sinistres rivages
De noirs autels battus par la vague et le vent.

Le voyageur, perdu dans cette solitude,
Au milieu du silence infini du passé,
Ne voyait que le sol à jamais affaissé
Sous le roc immobile en sa morne attitude.

S'il était las de vivre et d'espérer en vain,
Il maudissait l'attrait du rouge crépuscule,
Car dans la profondeur où le soleil recule
Il n'avait pu surprendre un inconnu divin.

Essayant d'assembler ses espoirs éphémères,
Il marchait à pas lents à travers les menhirs:
Mais la voix qui montait des lointains souvenirs
Lui parlait du néant des célestes chimères.

Il demandait aux cieux la foi des jours nouveaux:
Sur la lande et la mer l'ombre tendait ses toiles
Où s'allumaient, au loin, d'impassibles étoiles,
Comme des lampes d'or dans la nuit des caveaux.

*
* *

Et maintenant, hélas! toujours l'Océan roule
Ses flots mystérieux vers les mêmes rochers;
Et, parmi la bruyère et les menhirs penchés,
Ruine d'un autre âge, une chapelle croule.

Quel immense tombeau que ce pays d'Armor!
Chaque siècle en fuyant laisse une trace sombre;
Et le temple du Christ, bientôt recouvert d'ombre,
Sera tel qu'un menhir d'un autre culte mort.

Oh! sinistres couchers des froids soleils d'automne!
Une lande toujours, toujours des flots géants,
Et, sépulcre pieux du plus grand des néants,
Cette tour en ruine où dort la Foi bretonne!

Les paysans qui vont par les profonds labours
Ne sont plus revêtus des costumes celtiques;
On n'entend plus dans l'air les carillons mystiques
Qui, du haut des clochers, s'égrenaient sur les bourgs.

Les poètes, errants dans cette plaine immense
Où les cultes détruits ont laissé leurs sillons,
Pleurent ce monde mort sous les négations
Et doutent tristement du monde qui commence.

L'homme ne connaît plus l'amour du sol natal.
Le vent qui dispersa les dieux et les patries,
Avec les vains espoirs et les feuilles flétries,
Dans l'insondable abîme emporta l'Idéal.

Et cependant, songeurs, sur le sable des grèves,
Derniers prêtres d'un peuple austère disparu,
Nous poursuivons encore, à l'horizon décru,
Cette forme du Dieu qu'enfantèrent nos rêves.

Et la chapelle est là, parmi les rochers sourds,
Evoquant aux regards de nos âmes moroses,
Hélas ! un deuil de plus, dans le grand deuil des choses,
Et des doutes nouveaux, dans le néant des jours !

LA FILLE

A Uld. Escolan

Elle mène ses bœufs paître dans le grand pré.
Le charretier qui va derrière sa voiture
S'arrête, dans la paix de la libre nature,
Pour voir la forte fille au regard assuré. .

Mais, la tête levée et le poing sur les hanches,
De loin elle lui jette un ironique appel,
Et rit, en regardant se pencher dans le ciel
Les émondeurs qui font, là-haut, pleuvoir les branches.

Et, laissant derrière elle un murmure joyeux,
Elle s'enfonce, lente, à travers l'herbe haute,
Au milieu des grands bœufs qui marchent côte à côte,
Roulant confusément un rêve dans leurs yeux.

Au fond du frais vallon ils sentent le pacage ;
Et la fille comme eux se hâte lourdement ;
Et ses seins demi-nus se gonflent par moment,
Comme des raisins mûrs sous un léger feuillage.

Elle va sans rien voir, avec placidité.
Elle ne connaît pas, dans sa morne indolence,
La tristesse des champs qui brûlent en silence
Sous le pesant soleil des lourds midis d'été ;

Ni le frisson mouillé des arbres à l'automne ;
Ni la mélancolie éparse dans les cieux,
Quand, à l'horizon noir d'un soir silencieux,
Quelque pâtre lointain jette un cri monotone.

Elle sait que là-bas doit l'attendre un galant :
Hier, elle fut sage et ne se laissa prendre
Que deux ou trois baisers qu'elle eût bien voulu rendre.
... Maintenant qu'elle y songe elle marche en tremblant.

Il est là !... Les grands bœufs dans l'enclos solitaire
Broutent le gazon vert et ruminent entre eux,
Tandis que les amants, sous les fourrés ombreux,
En chuchotant s'en vont se livrer au mystère.

L'air est doux ; un vent frais monte des profondeurs ;
A travers les rameaux où les pleurs de l'aurore,
Comme des diamants, étincellent encore,
Bientôt deux seins de marbre étalent leurs splendeurs.

Le pastour a saisi la fille par la taille.
Ah ! comme l'herbe est douce ! et qu'il fait bon aimer,
Sous le souffle des bois qui vous vient embaumer,
Avec un dais d'azur à son lit de broussaille !

Puis un rêve est éclos qu'ils ne connaissaient pas :
Un rêve étreint leur cœur et mouille leurs prunelles,
Quand, fatigués tous deux des étreintes charnelles,
Ils retombent dans l'herbe en se parlant plus bas.

Brusquement accablés de tristesses sans causes,
Ils sentent dans les fleurs, dans l'ombre et la forêt,
Un étrange regard les suivre, et l'on dirait
Qu'ils ont peur de troubler le silence des choses.

Si les pâles amants des filles du trottoir,
Que des semblants d'amour en une nuit épuisent,
Voyaient les blanches dents, la peau, les yeux qui luisent,
Ils sentiraient en eux se réveiller l'espoir :

Car ce qu'ils ont rêvé dans leur chimère immonde,
C'est le plaisir brutal, éternel et puissant,
Qui joint à cette femme un mâle paysan
Et fait fleurir l'amour dans la splendeur du monde.

*
* *

L'idylle agite encor les grelots des baisers...
Mais la fille, le soir, quand tombe la nuit brune,
Ramène ses grands bœufs aux rayons de la lune,
Avec plus de langueur dans ses yeux apaisés.

Alors, le front levé, l'air grave, le pas ferme,
Prête pour le travail et la maternité,
Elle entre lentement, sous la blanche clarté,
Dans l'encadrement noir du portail de la ferme.

Et, regardant l'azur que la nuit a bruni,
Elle sent remonter de son âme à sa bouche
Tout l'immense bonheur de l'étreinte farouche :
Et, sans savoir pourquoi, pleure sous l'infini.

LE CALVAIRE

A François Coppée

Tel qu'en un flot d'encens s'incline un ostensoir,
Le soleil s'est couché dans les brumes lointaines;
Et l'assoupissement des misères humaines
Semble tomber du ciel avec l'ombre du soir.

Qu'il est doux de rêver sous les sombres ramures!
Le couchant baigne encor les hautes frondaisons,
Mais, sous les noirs halliers et sur les noirs gazons,
On marche dans la nuit, à travers des murmures.

C'est l'heure où je me plais à rêver dans les bois.
Il est un coin sauvage, au détour d'une allée :
La paix de ce désert est à peine troublée
Par les soupirs du cor et les confus abois.

Sous les rameaux se creuse une mare immobile
Où tremble vaguement la dernière clarté ;
Et sur les bords muets l'herbage est agité
Par l'ondulation rapide d'un reptile.

Une croix de granit allonge sur les eaux
Le sinistre reflet du Christ à l'agonie :
Il crie aux cieux lointains sa souffrance infinie
Et penche son front las sur les tristes roseaux.

*
* *

Et c'est là que je viens évoquer les grands Rêves.
J'aime la profondeur du silence et des nuits ;

Il faut, pour apaiser nos vulgaires ennuis,
La majesté des monts, des forêts ou des grèves.

Les bois enténébrés ont fermé l'horizon ;
Et, dans le soir très lent qui tombe avec mystère,
Je ne distingue plus que la Croix solitaire,
Allongeant son reflet sur les eaux sans frisson.

Je regarde longtemps ce Dieu qu'on abandonne,
Ce Dieu qui reste là cloué sur le granit,
Ce Dieu que l'on torture et pourtant qui bénit,
Ce Dieu que l'on blasphème et pourtant qui pardonne.

Ses deux bras sont ouverts devant l'Humanité ;
Vers la douleur de l'homme il a penché la tête :
Mais jamais à ses pieds un passant ne s'arrête ;
Seul, le bois le contemple et n'est pas attristé.

*
* *

Le martyre divin recommençait sans borne :
Dans le silence obscur des soirs de l'Occident,
Le Dieu semblait souffrir, tragique, et regardant
L'ombre de sa détresse au miroir de l'eau morne.

Et je songeais à ceux qui souffrent ici-bas,
Toujours seuls à travers les foules et la vie,
Raillés par les heureux, déchirés par l'envie,
Dans l'éternel effroi d'un piège sous leurs pas;

A l'homme anéanti par le poids des pensées,
Aux mendiants sans pain errant sous les cieux froids,
Aux justes condamnés qui saignent sur des croix,
Aux astres disparus, aux tombes délaissées.

Je songeais à moi-même : et, sans le triste orgueil
Qui condamne mon cœur à la douleur muette,
Avec des yeux plus purs mon rêve de poète
Aurait vu se lever l'Espoir au fond du deuil.

Mais tandis que la nuit déroulait ses longs voiles,
Je m'éloignais, plus sombre et plus silencieux;
Et le Christ restait seul, noir dans le bleu des cieux,
Sous les larmes d'argent des pieuses étoiles.

LE CHEVAL ENTRAVÉ

A Sullian Collin

Je vis, dans la prairie immense et toute verte,
Un cheval entravé qui broutait le gazon,
Et soudain, le front haut et la narine ouverte,
Aspirait à la fois l'air libre et l'horizon.

Il était de sang pur, de race renommée.
Cabrant son poitrail brun dans un brouillard vermeil,
Il soufflait bruyamment son haleine enflammée
Vers le couchant rougi par la mort du soleil.

Oh ! comme il eût fait bon courir dans l'étendue,
Par dessus les halliers, les ronces, les ruisseaux,
Etourdi par le bruit de la course éperdue,
L'œil en flamme, et soufflant du feu par les naseaux.

Mais, par degré, le soir éteignit sa lumière ;
La nuit vint rafraîchir les cieux incendiés ;
Et le cheval pensif courba sa tête altière,
Flairant les lourds liens qui retenaient ses pieds.

Alors, dans l'ombre vague où l'horizon recule,
Il allongea le cou, plein d'épouvantement ;
Et devant l'infini, voilé de crépuscule,
Jeta dans les échos un long hennissement.

Ainsi, désespérés, vers l'espace sans borne,
Poètes, nous jetons un long et triste adieu,
Quand le néant rappelle à l'impuissance morne
L'homme qui s'oubliait dans les rêves d'un dieu.

TRISTESSE DU SOIR

A Louis Tiercelin

La tristesse du soir dans la lande bretonne
M'enveloppe; et j'ai peur quand un maigre bouleau
Balance çà et là son spectre monotone,
Jetant un frisson noir sur la torpeur de l'eau.

Dans l'ombre, au ras du sol, les carrières ouvertes,
Gouffres mystérieux, luisent sinistrement;
Le vent d'automne semble, en leurs profondeurs vertes,
Rouler des astres d'or tombés du firmament.

Le silence est profond ; et la lune pâlie
Allonge sous mes pas les ombres des menhirs ;
Ét, mêlant ma pensée à sa mélancolie,
J'écoute au fond des temps la voix des souvenirs.

Le frisson de la mort en mon cœur s'insinue :
Combien d'hommes sont là, couchés dans leurs tombeaux,
Qui, devinant la terre hostile à leur venue,
Rêvaient d'amours sans fin sous des cieux toujours beaux.

Et le sol de granit qui semble mort lui-même,
Car jamais sur ses flancs nul épi n'a poussé,
Comme un horrible aveu d'impuissance suprême,
D'une moisson de rocs est partout hérissé.

Un découragement sans bornes me torture :
Sur ce sol bossué, menaçant, triste et nu,
On sent les grands efforts qu'a tentés la nature
Pour donner une forme à son rêve inconnu.

On songe avec terreur aux millions de races
Qui luttèrent un jour et furent, comme nous,
Sans voir plus de lumière et laisser plus de traces,
Un troupeau de rêveurs vivant sur les genoux.

La vie est immuable au sein de la souffrance.
A quoi cela sert-il d'exister un moment ?
Ces hommes ont vécu dans leur vaste espérance
Sans troubler d'un vain bruit la paix du ciel dormant.

Là-haut, la voûte d'or s'arrondit sur l'abîme :
Mais c'est de l'air sans fin peuplé d'astres errants ;
Et si l'humanité poussait un cri sublime,
Il n'arriverait pas aux dieux indifférents.

Nous vivons, nous passons : et nul ne s'inquiète
De cet être sorti des fanges du chaos,
Qui, s'écoutant parler sur la terre muette,
Prit pour la voix d'un Dieu le soupir des échos.

*
* *

Un jour, ce Dieu lointain descendit sur la terre :
Peut-être que son œuvre était son seul remord !
Pour délivrer du mal le globe solitaire
Il subit un instant la honte de la mort.

La divine douleur n'a pas été féconde :
Jésus parlait d'aimer, d'espérer, de souffrir,
Mais ses cris en tombant dans l'abîme du monde
Ont précisé nos maux sans pouvoir les guérir.

Quelques rêveurs s'en vont les yeux sur les étoiles :
Or, ces mondes lointains ont aussi leurs mortels,
Qui, cherchant comme nous l'absolu sous ses voiles,
A leur rêve céleste élèvent des autels.

Si sous le joug du mal ils ont courbé la tête,
A-t-il fallu que Dieu, volontaire martyr,
Allât porter sa croix de planète en planète,
Épanchant à jamais le sang du repentir ?

La terre n'est qu'un point dans l'insondable espace :
Et le soleil levant en son royal dédain
N'est plus, à nos regards, le grand flambeau qui passe
Sur l'immuable paix d'un terrestre jardin.

C'est un monde. Et plus haut que lui, plus haut encore,
D'autres mondes, portant d'autres humanités,
Versent au fond des nuits une éternelle aurore
Et roulent dans l'éther sur des flots de clartés.

La science agrandit l'œuvre des sept journées :
Sans bornes comme Dieu l'univers est compris ;
Mais celui qui créa ses blêmes destinées
Se dérobe toujours à nos regards surpris.

Nul calcul ne résout cet effrayant problème :
Et l'inconnu divin, élargissant les cieux,
Aux cœurs les plus glacés donne un espoir suprême,
Et met tout l'au-delà dans le rêve des yeux.

Il ne nous suffit pas de vivre de la vie,
De boire à notre soif et de rire au soleil :
Par moment nous sentons l'irrésistible envie
De voler moins pesants dans l'azur plus vermeil.

Oui, l'infini me hante et luit sous ma prunelle.
Je contemple en pleurant les célestes sommets,
Dans l'espoir insensé que l'aurore éternelle
Va remplir mes regards assouvis à jamais.

Je pleure sur ton sein, terre robuste et sombre,
Où tant d'enfantements douloureux sont gravés,
Tous les espoirs défunts et les cultes sans nombre
Que, depuis vingt mille ans, les hommes ont rêvés ;

Et, fils croyant encor d'une race mystique,
Ainsi que mes aïeux du temps primordial,
Je m'accoude en rêvant sur les rocs d'Armorique
Et je jette un grand cri vers un vague Idéal.

Aux sombres profondeurs du rêve et du mystère,
Pleines d'un poudroiement de planètes en feu,
Je sens quelqu'un de bon qui veille sur la terre,
Et j'écoute à genoux battre le cœur de Dieu.

SOUVENIRS

A l'Abbé E. Fréour

Ami, t'en souviens-tu, de nos rêves d'antan,
Quand nous allions errer sous les ombrages calmes,
Et que nous regardions flotter, comme des palmes,
Les rameaux inclinés dans l'eau du large étang ?

Nous étions des enfants épris des grands poètes.
Nous aimions les sommets pour le vaste horizon,
Et nous sentions déjà l'approche du frisson
Qui fait jaillir le chant des âmes inquiètes.

7

Victor Hugo, Laprade, Hello ! C'étaient nos dieux,
Les phares flamboyants dans notre nuit profonde ;
Et l'austère pensée animait tout un monde
Où l'Idéal chantait en des vers radieux.

Les lettres d'Ozanam nous apprenaient à croire ;
Et dans sa prose immense aux murmures géants,
Pareille à la clameur des sombres océans,
Châteaubriand berça notre jeune mémoire.

De ces beaux jours perdus que nous est-il resté ?
Ah ! ne maudissons pas cette vie éphémère !
Si l'avenir trompeur a tué la Chimère,
Si le réel brutal a flétri la Beauté,

Du moins nous avons eu la vision sans bornes
De tout ce que Dieu fit grand, généreux, divin :
Quand on aime si haut on n'aime pas en vain,
Et quelque chose en reste au fond des âmes mornes.

DEUXIÈME PARTIE

LES RÊVES

A VICTOR BILLAUD

L. J.

UN BONIMENT

A Victor Billaud

Alerte ! Prends ton fouet cinglant, Muse des fêtes !
Frotte d'un poing mignon tes yeux lourds de sommeil ;
Bondis éperduement dans les feux du soleil !
Et déjà les bourgeois cherchent de leurs yeux bêtes
Un coin rose de chair sous ton maillot vermeil.

Regarde-les : on voit leurs nez, on voit leurs crânes ;
De leurs ventres gonflés monte un ricanement.

Mais que t'importe à toi, sylphe du firmament,
La sinistre clameur que Dieu permit aux ânes,
Quand le trapèze fou vit sous ton pied charmant !

Si le sommeil divin clôt encor tes paupières,
Attends : je vais leur dire un boniment exquis.
Trombone et grosse caisse, arrêtez ! — Ducs, marquis,
Souteneurs, épiciers et traîneurs de rapières,
Qui venez en ce lieu comme en pays conquis,

O Bourgeois, écoutez ces profondes paroles :
Nous ne voulons de vous de bravos ni d'argent,
Car nous jouons ici pour l'homme intelligent ;
Pourtant, comme le ver rampe sur les corolles,
Sur un drame bien fait votre rire est urgent.

Nous allons vous jouer un chef-d'œuvre sublime,
Mais rien de George Ohnet ni de Monsieur Ponson :
Nous portons le cothurne et non pas le chausson,

Nous ne fréquentons pas le boulevard du Crime,
Et nous ne savons rien qu'une vieille chanson.

Et cette chanson-là Molière l'a chantée ;
Victor Hugo l'a dite aux flots de l'Océan ;
Eschyle l'écoutait dans son cerveau géant,
Quand il clouait aux monts la chair de Prométhée
Et déchirait le ciel pour en voir le néant.

Nos personnages sont Arlequin, Colombine,
Pierrot, un tas d'esprits qui vous sont inconnus !
Si vous voulez savoir d'où ces Rois sont venus :
Ils sont venus à nous sur la brise divine,
Avec un rayon d'or pour vêtir leurs bras nus.

Et cette chanson-là qu'ils chantent dans l'espace,
C'est la vieille chanson de l'amour éternel,
Composée autrefois par un maître immortel,
Et qu'on saura toujours en ce monde qui passe,
Tant que ce monde aura des dieux sur un autel.

C'est la vieille chanson qu'on chante à pleines lèvres,
Que le rossignol dit à la nuit des printemps,
Et que la Muse enseigne aux âmes de vingt ans,
Lorsque, donnant une aile aux songes de leurs fièvres,
Elle prend des rêveurs pour faire des Titans.

Et maintenant, alerte, ô Muse ! Et que sans trêve
Tu fasses ruisseler sur les bourgeois pervers
Ce trésor précieux, perdu pour l'univers :
Toutes les rimes d'or qui pleuvent dans le Rêve,
Et tous les infinis qui tiennent dans un Vers !

LE LOGEUR DU BON DIEU

A l'Abbé F. Le Dortz

Tranquille monument, portail, tour de dentelle,
Clocher à jour où chante un carillon joyeux,
O marbre qu'ont usé les genoux des aïeux ;

Quel effrayant esprit, cathédrale immortelle,
Où la pensée humaine au ciel profond s'unit,
Donna l'aile à la prière et le souffle au granit ?

Ce fut un homme obscur. Dans nos bourgs de Bretagne,
Il passait en chantant un cantique pieux ;
Quand on lui parlait d'art il regardait les cieux,

Comme l'Hébreu pensif descendant la montagne :
Alors, le feu sacré brillait dans son œil bleu;
Lui-même s'appelait le logeur du bon Dieu.

* *
* *

D'où venait-il ? — Au bord des mers occidentales,
Sa vagabonde enfance et ses jeunes désirs
S'éveillèrent : il eut de sévères plaisirs.

Il aimait la fureur des tempêtes natales.
Le vent, qui répondit à ses premiers sanglots,
Lui laissa l'amertume et l'infini des flots.

Il aimait à rêver sur les landiers stériles,
Où, dans le sol de fer peuplé de souvenirs,
Veillent de grands tombeaux et de sombres menhirs.

Quand le soleil couchant incendiait les îles,
L'immensité des eaux haletantes toujours,
Ses regards inspirés voyaient les anciens jours ;

Les féroces chasseurs au seuil de la caverne,
Fils aimés de la terre et cachés dans ses flancs,
Partageant leur butin avec leurs doigts sanglants.

Race que le désir de l'infini gouverne,
Ils se sont élancés, dompteurs des océans,
Dans de hardis vaisseaux sur les gouffres béants !

Pour temples ils ont pris les forêts frémissantes,
Peuplant de dieux géants leur blême profondeur.
Sans la chercher jamais, ils trouvaient la grandeur.

Et lui, robuste enfant de ces races puissantes,
Sur ce sol âpre et dur, devant les mers sans fin,
C'est encor et toujours d'infini qu'il a faim.

Un jour, il s'éloigna de la pauvre chaumière
Où son père séchait ses filets de pêcheur :
« Là-bas, à l'Orient, je vois une blancheur,

Dit l'enfant, et je veux marcher vers la lumière. »

*
* *

Italie ! Italie ! — Et, las de voyager,
Le jeune homme s'arrête au pied d'un oranger.

Voici Rome, et Florence, et Venise ! Les maîtres
Ont empourpré les cieux de leurs divins reflets :
Ils ont sculpté des tours, des dômes, des palais.

Qu'ils sont loin les manoirs rustiques des ancêtres !
Voici l'art magnifique ! Et sous le clair soleil
Le voyageur comprend qu'il sort d'un long sommeil.

Surprendra-t-il bientôt le secret du génie ?
Oui, c'est ainsi qu'il doit, sous le marteau divin,
Exprimer l'idéal qui le torture en vain.

O vous qui possédez le don de l'harmonie,
Poètes qui pleurez en lisant de beaux vers,
Tous ces tourments féconds, vous les avez soufferts !

C'est pourquoi, revenu du saint pélerinage,
Quand, traversant les bourgs de son pays aimé,
Il sculpta du granit le bloc inanimé,

Esprit cherchant toujours l'infini sans rivage,
Il crut qu'il n'était pas assez haut arrivé,
Qu'il n'avait pas écrit le poème rêvé.

Les ducs sont endormis sous les pierres tombales;
Aux carmes Montauban dort à l'ombre des croix,
Clisson à Josselin, à Ploermel Jean Trois;

Mais, sous le porche obscur des hautes cathédrales,
Après avoir prié, longtemps prié ton Dieu,
Tu souhaitas revoir le pays du ciel bleu.

Avide du soleil qui brûlait ta paupière,
Tu baisas humblement les marches de l'autel,
Et tu partis, laissant ton chef-d'œuvre immortel,

O penseur inconnu des poèmes de pierre,
Sans réserver un coin du monument vermeil,
Pour y graver ton nom et dormir ton sommeil.

LES ROIS

A Jose-Maria de Heredia

Sous l'étoile immobile ils s'arrêtent tous trois.
Dans l'étable voici qu'ils sont entrés, les Mages,
De l'orient mystique apportant les hommages :
Les Bergers sont venus et c'est le tour des Rois.

Au pâle ciel d'hiver roulent des flocons froids ;
Plus de fleurs dans les champs, au bois plus de ramages ;
Et, tel qu'on le voit peint sur les vieilles images,
Le Dieu dort sur la paille... en attendant la Croix.

Mais les Rois ont offert l'Or, l'Encens et la Myrrhe;
L'enfant Jésus sourit, la bonne Vierge admire,
Car ils ont entrevu le triomphe lointain

Où, les uns ceints de pourpre et les autres de toile,
Les hommes marcheront vers un même destin
En suivant dans les cieux une idéale étoile.

LE POÈTE-PAYSAN

A M. Jules Phélipot

Oh ! la charrue est lourde ! et dans le ciel changeant,
Où des nuages noirs s'amassaient tout à l'heure,
Le soleil terne luit comme un disque d'argent,
Et dans le long frisson du bois la source pleure.

Mes bœufs sont fatigués, et de leurs naseaux bruns
Sur leur poitrail fumant tombe une écume rose.
La terre que j'entr'ouvre est pleine de parfums,
Et dans les noirs sillons la pie est moins morose.

8·

Oh ! la charrue est lourde ! et je veux un moment
M'asseoir sur le talus fleuri, pour mieux entendre
Mes amis les bergers qui s'en vont lentement,
Egrenant leur chanson mélancolique et tendre.

Oui, la charrue est lourde ! oh ! qu'il fait bon s'asseoir !
J'aperçois le landier où ma douce Marie
A mené ses moutons, et la sente où ce soir
Nous cueillerons tous deux la bruyère fleurie.

— Oh ! diront-ils, voyez les rêveurs amoureux !
Mais les gens du village ont l'humeur peu subtile :
Certes, on peut songer sans être un songe-creux,
Et le rêve qui rend plus heureux est utile.

Moi, d'ailleurs, j'aime à voir la splendeur du soleil :
Sans comprendre jamais j'ai senti quelque chose
Dans l'aube blanchissante et le couchant vermeil ;
Quelque part, à mon âme émue, une voix cause.

D'où vient que le frisson des feuilles fait pâlir ?
Dans l'infini des mers, des forêts et des plaines,
Dans la petite fleur qu'un enfant peut cueillir,
J'ai deviné des yeux, j'ai surpris des haleines.

J'ai cru que tout vivait, dans l'ombre, autour de moi ;
Je suis plein de respect sous les branches pensives.
Hélas ! rien n'a jailli de ce confus émoi :
J'ai des ailes au cœur, mais des ailes captives.

Pourtant, lorsque mon cœur est meilleur en aimant,
A l'heure triste et douce où le soir se recueille,
J'ai mon cantique, aussi : je chante seulement
Comme chante l'oiseau, comme chante la feuille.

Que sais-je donc ? J'ai lu dans un livre savant
Que monsieur le curé me prêta pour m'instruire,
Qu'un poète est l'esprit qui chemine en rêvant
Et dont l'âme résonne au vent comme une lyre.

Mais le poète peut exprimer ce qu'il sent ;
Il déroba, dit-on, le langage des anges.
Et moi, rêveur trahi, je demeure impuissant
Devant des ailes d'or et des beautés étranges.

On conte qu'autrefois de pieux voyageurs,
Le bourdon à la main, passaient dans le village,
Et, parmi les blés mûrs et les grands bœufs songeurs,
Ils trouvaient un enfant lisant sous le feuillage.

Alors, ils l'emmenaient dans les doctes couvents,
Lui donnant comme un pain céleste la science ;
Et l'enfant, devenu grand parmi les vivants,
Ouvrait un ciel plus vaste à la pensée immense.

Et moi, je reste seul ! Jamais je ne saurai
La langue harmonieuse et pure du poète ;
Allons, mes bœufs, debout ! — Mais je t'adorerai,
O divine Beauté, dans mon âme muette.

LE BATEAU

A Madame Sophie Hue

Un château Louis Treize entouré de grands arbres :
Mais dans le parc empli du frisson des foins mûrs,
On chercherait en vain les grottes et les marbres
Sous les lierres touffus et les pans de vieux murs.

Le portail est fermé; les fenêtres sont closes;
Et le temps, qui se joue avec tous nos orgueils,
A lentement plongé les êtres et les choses
Dans le silence lourd que laissent les grands deuils.

La Vierge n'est plus là qui, frêle, blanche, ailée,
Comme une vision vaporeuse qui fuit,
Foulait à pas menus le sable de l'allée,
Cherchant de ses yeux bleus les yeux d'or de la nuit.

Il est au fond du parc un étang solitaire :
C'est là qu'elle venait s'asseoir dans le bateau;
Et les fourrés profonds avaient tant de mystère
Que l'enfant se croyait très loin de son château.

A demi réveillés au bruit des rames lentes,
Les cygnes s'enlevaient de leurs nids de roseaux,
Sous leur poitrail d'argent courbant les vertes plantes
Et plongeant leurs becs noirs dans les clartés des eaux.

Hélas ! l'étang n'est plus qu'une mare dormante,
Où, par les chauds midis, rôdent les papillons;
Où, couvrant sous leur ombre un monde qui fermente,
De larges nymphéas flottent dans les rayons.

Les cygnes blancs sont morts, morte est la promeneuse,
Morts les rêves heureux qu'elle n'a pas finis !
Et le canot est là, couché dans l'eau bourbeuse,
Sourd au sonore appel des ailes et des nids.

Oui, cette sombre allée où personne ne passe,
Cet étang qui croupit, ce silence des bois,
Mêlent une souffrance au rêve de l'espace
Et comme un douloureux souvenir d'autrefois ;

Mais ce bateau sombré sous l'herbe, morne épave
D'un passé radieux que le temps a vaincu,
Anime vaguement le parc muet et grave :
Dans ces lieux désolés on sent qu'il a vécu.

Au long des bords fleuris comme il glissait sans trêve !
Il est pris maintenant par l'immobilité :
La vie autour de lui s'agite comme un rêve,
Sans réveiller son vol à jamais arrêté.

Elle ne viendra plus, la jeune châtelaine !
Voici la fraîche allée et voilà le manoir ;
Des astres qu'elle aimait la profondeur est pleine :
Mais son sourire manque à la beauté du soir.

C'est fini ! Désormais la nature puissante
En des printemps nouveaux refleurira toujours,
Effaçant peu à peu, sans pitié pour l'absente,
Le souvenir en deuil des lointaines amours.

LE POÈTE DANS LA FOSSE AUX BÊTES

A Edouard Beaufils

C'était dans une rue, un soir des anciens temps.
Quelques bourgeois passaient, parlant d'une voix grave
Du budget qui grossit, du vote qu'on entrave,
Sans regarder l'espace et songer au printemps.

Un vent tiède frôlait la terre jeune et blonde ;
Les étoiles déjà s'ouvraient au fond des cieux ;
Et le fleuve, suivant son cours silencieux,
Roulait l'or des reflets dans les plis noirs de l'onde.

9

Ils vinrent lentement sur les quais obscurcis,
Ces hommes sérieux, inattentifs aux choses :
Le silence écoutait leurs paroles moroses,
Et le destin des dieux pendait à leurs sourcils.

Mais, tandis qu'ils pesaient dans leurs âmes austères
Le redoutable amas des riens et des mots creux,
L'infini de la nuit se déroulait sur eux
Sans amoindrir son calme et troubler ses mystères.

Ils pouvaient abaisser le monde à leur niveau :
Le monde s'en allait dans l'espace sans bornes,
Et versait, ignorant ce troupeau d'êtres mornes,
Ses tranquilles splendeurs à quelque humble cerveau;

A quelque pâtre errant sur des landes lointaines,
Qui se taisait, pieux, satisfait qu'un oiseau
Se posât un instant sur un frêle arbrisseau
Et mêlât sa chanson aux plaintes des fontaines.

*
* *

Or, voici tout à coup que le ciel se voila :
Et les bourgeois montraient du doigt un homme sombre,
Qui rôdait à pas lents, le front courbé vers l'ombre,
Comme s'il eût voulu sonder tout l'au delà.

Pâli par le travail et par ses âpres fièvres,
Il suivait un poème immense et radieux ;
Il avait du soleil dans l'azur de ses yeux,
Et la pensée errait sur le bord de ses lèvres.

Les bourgeois effarés regardaient de travers
Cet homme au front penchant, à l'allure distraite.
— C'est un voleur, dit l'un ; appelez : qu'on l'arrête !
— Ce n'est qu'un pauvre fou, dit l'autre : il fait des vers !

Un sourire passa sur leurs lèvres pincées,
Un sourire cruel, ironique, infernal,

Derrière cet esprit, dédaigneux du banal,
Qui, comme eux dans la nuit, marchait dans ses pensées ;

Tels on voit se troubler les grands fauves hagards,
Quand, défiant soudain leur rage stupéfaite,
Dans la fosse sanglante entre un calme prophète
Dont le rayonnement éblouit les regards.

— Il fait des vers ! voyez : cet homme est un poète ! —
Mais, tandis qu'ils riaient, enlaidis et méchants,
Le rêveur s'en alla rêver à travers champs,
Mêlant la paix du soir à son âme inquiète.

Et les astres d'argent du grand firmament bleu,
Les arbres, les roseaux, les moissons de la plaine,
Tout l'espace infini retenait son haleine,
Pour écouter cet homme en qui vivait un Dieu.

LE JARDIN

A l'abbé F. Blanche

Jardin ombreux et frais, parc en miniature,
Il est près de la ville un asile discret,
Où l'artificielle et charmante nature
A mis presqu'un étang et presqu'une forêt.

Une eau dormante est là sous le sommeil des branches,
Et, quand le clair de lune argente le gazon,
On voit, entre les troncs baignés de lueurs blanches,
Comme en un bois immense, un flottant horizon.

9·

La maison est là-bas ; et ses clochetons frêles,
Dans le vague du soir grandissant peu à peu,
Évoquent à l'esprit les bizarres tourelles
D'un manoir romantique au bord d'un étang bleu.

Mais par les lourds midis lorsque l'été s'embrase,
Lorsque l'air est sans brise et les bois sans oiseaux,
C'est là qu'il faut chercher le calme de l'extase
Dans le recueillement des arbres et des eaux !

Par les étroits sentiers semés de sable rose,
Qu'il est doux de se perdre en un rêve charmant,
Sans plus se souvenir que la ville morose,
Là, derrière les murs, gronde éternellement !

Au milieu d'un massif la maison est blottie,
Petite et souriante en un demi-sommeil,
Ou, comme la nature entière, anéantie
Sous la nappe de feu que verse le soleil.

Jamais du clair logis ne s'échappe un murmure,
Car la dame est très vieille et cause lentement;
Et, de sa robe noire effleurant l'herbe mûre,
Elle rôde sans bruit sous l'ombrage dormant.

Elle vit, autrefois, sa nombreuse famille,
Mêlant aux cris d'oiseaux un tumulte joyeux,
Se jouer à travers l'ombre de sa charmille;
Et s'ouvrir à la fois des âmes et des yeux.

Mais les enfants sont morts : la craintive couvée
S'est enfuie au croissant murmure des sanglots;
Elle a vu s'effacer l'espérance rêvée
Dans l'insondable horreur des yeux chers qu'elle a clos.

Avec l'austérité d'un éternel veuvage,
Seule et triste, elle vit dans les parfums anciens,
Demandant aux vieux murs, aux sentiers, au feuillage,
Quelque chose qui soit un souvenir des siens.

Puis elle vient s'asseoir sous les fraîches tonnelles ;
Elle regarde au loin, plus loin que le ciel pur :
Une pensée en deuil obscurcit ses prunelles,
Et la paix de l'été l'auréole d'azur.

Et, lasse d'être encor sur ce monde qui passe,
On dirait qu'elle sent de petits bras bénis
Qui l'attirent, là-haut, vers le bleu de l'espace,
Où la vie immortelle emplit les infinis.

RÉPONSE A UN POÈTE BRETON

A Louis Daligaut

Hélas ! je n'étais pas couché sous la ramure
Ou dans la lande en fleurs de mon pays natal,
Lorsque vint jusqu'à moi, comme un divin murmure,
La chanson d'un ami qui parlait d'idéal.

Hélas! elle apportait un écho de la grève,
Un rayon expirant de l'occident vermeil !
Poète ami, nos chants sont nés du même rêve,
Et nos cœurs ont fleuri sous le même soleil.

Oui, l'âme des lointains aïeux est dans notre âme
Et nos yeux sont voilés par le vague du soir ;
Notre pensée en deuil, où palpite une flamme,
Aime un peu de tristesse autour d'un mâle espoir.

Là-bas, par les sentiers des bois ou des prairies
Où mes chers souvenirs me reportent souvent,
Vous, au moins, vous bercez vos lentes rêveries
Dans le chant de la feuille et les soupirs du vent.

Ici, pas de bruyère ! ici, toujours la plaine,
La plaine sans coteaux et sans bleus horizons,
Où, dans un désespoir suprême, la Vilaine
Croupit lugubrement sans frôler les gazons.

Merci donc ! votre voix me caresse et m'éveille :
Voix d'ami qui se mêle au bruit de l'Océan,
Aussi douce à mon cœur que sonore à l'oreille,
Elle m'a fait rêver de mon cher Morbihan ;

Terre où les paysans ont l'âme douce et grande,
Où l'infini des flots sous l'infini des cieux,
Attirant malgré lui le pâtre de la lande,
Met un chant à sa lèvre, un rêve dans ses yeux.

Alors il vous admire en son âme naïve,
Vous, l'homme des cités et le poète instruit,
Qui pouvez prendre au vol la beauté fugitive
Ou dans un vers profond donner la voix au bruit.

Mais poètes, bergers, tous ignorent l'envie;
Tous les chanteurs d'Arvor ont le cœur généreux;
Tous, unis par l'amour, séparés par la vie,
Ont le cœur assez grand pour se comprendre entre eux.

Aussi, quand vous m'offrez votre main fraternelle,
Je suis trop bon Breton pour pouvoir m'étonner:
Quoiqu'elle flatte un peu, votre chanson est belle;
Si j'étais sans orgueil, vous pourriez m'en donner.

Merci donc ! vous avez en vous la sainte flamme,
Et vous êtes de ceux qui seront grands demain :
Je connaissais vos vers, je connaîtrai votre âme,
Poète, et je suis fier de vous serrer la main.

LES ALRÉENNES

A Ludovic Gastard

Je n'oublierai jamais les belles de l'Alrée :
Les unes, à genoux se penchant sur les eaux,
Font claquer leur battoir et leur langue acérée
  Avec un tapage d'oiseaux.

Les autres, dans Auray, la vieille cité forte,
Regardent en rêvant vers l'horizon de mer, .
Et laissent s'envoler, assises sur la porte,
  Leur fraîche haleine au vent amer.

Oh ! tentantes à voir, si roses et si blanches,
Quand, par la lande en fleurs et par les sentiers verts,
Elles vont à la messe en robes des dimanches,
            Leur petit bonnet de travers !

Oh ! douces à baiser, mignonnes, délicates,
Lorsque, se blottissant au fond du lit joyeux
Avec les mouvements câlins des jeunes chattes,
            Elles ouvrent tout grands leurs yeux !

Le bleu des mers a mis la profondeur du rêve
Dans leur vague regard quelque part arrêté ;
Leur chant rythmique et doux semble un bruit de la grève
            Pendant les belles nuits d'été.

A ces frêles enfants, à ces douces rêveuses
Que berça la rumeur des landes et des flots,
Il faut, pour les charmer, les grosses mains nerveuses
            Et le front brun des matelots.

Pour que leur petit cœur de leurs lèvres s'envole,
Comme un gai papillon grisé par le printemps,
Il faut un gars solide ayant pour auréole
    La verdeur de ses dix-huit ans ;

Qui porte crânement, au pardon du village,
Une ceinture rouge avec un béret bleu,
Et revienne déjà de quelque long voyage,
    Bronzé par le soleil de feu.

       ★
     ★ ★

Je n'oublierai jamais les belles de l'Alrée !
Et pour rester longtemps et doucement étreint
Entre ces beaux bras blancs, sur cette chair nacrée,
    Je voudrais me faire marin !

FILLE DES CHAMPS

A M. Raoul de la Grasserie

C'était dans une plaine un coteau solitaire ;
Les ombres de la nuit s'élevaient sur la terre
Comme le flux montant d'un océan muet.
Soudain, par les rameaux et les feuilles tremblantes,
A travers le silence où s'endormaient les plantes,
Un grand frisson courut sur le monde inquiet.

On entendit gémir aux profondeurs de l'ombre
Une plainte sans fin faite de bruits sans nombre,

Bruits des herbes, des bois, de la Nature en deuil;
Un étrange sanglot emplit l'espace vide;
Et le ciel noir parut sur la terre livide,
Comme une dalle énorme au-dessus d'un cercueil.

Au sommet du coteau, baigné par les ténèbres,
Un hêtre se berçait dans les souffles funèbres,
Ainsi qu'aux calmes soirs des tranquilles étés.
Comme pour protéger il étendait ses branches;
Et parfois on voyait flotter des formes blanches
Dans la vague épaisseur des rameaux argentés.

Pourquoi frémissais-tu, vieille terre des Gaules?
Un souffle d'ouragan tordait sur tes épaules
Tes bois échevelés et ton manteau de fleurs;
Ton âme en peine errait dans les sombres ramures...
Et brusquement le vent mêla tous les murmures
Dans une immense voix qui clamait tes douleurs.

*
* *

« Nous sommes les épis, les chênes et les herbes ;
Sans cesse nous donnons la fraîcheur et le pain,
Et nous berçons l'espoir sacré du lendemain
Dans le déroulement des forêts et des gerbes.

« Une âme maternelle habite nos taillis :
Dans le mont, le rocher stérile et la broussaille,
L'homme attentif la sent vaguement qui tressaille
Et pénètre son cœur de l'amour du pays.

« Quand nous avons germé sur tes flancs, ô Nature,
Tu nous donnas un peuple à nourrir : tu nous fis
Parer avec tes fleurs le berceau de ses fils,
Et couvrir de ta paix leur calme sépulture.

« Ils s'en allaient souvent vaincre sous d'autres cieux :
Mais quand ils revenaient des batailles lointaines,
Ils rapportaient toujours, pour féconder nos plaines,
De la terre vaincue à leurs pieds glorieux.

« Et nous accepterions de n'être plus la France !
Que sont-ils devenus ces matins triomphants,
O mère, où l'on voyait tes robustes enfants
Dans les sillons ouverts sourire à l'espérance !

« Nature, tes vallons fleurissaient sous leurs pas.
Savais-tu, quand leurs mains te jetaient la semence,
Que tes blés mûriraient dans la campagne immense
Pour d'autres moissonneurs que tu ne connais pas ?

« Mais les jours sont venus des sinistres défaites :
Un étranger vainqueur fauche le lys royal ;
Et le roi, lâchement s'abandonnant au mal,
Cherche l'oubli honteux dans les rumeurs des fêtes.

« Les barons impuissants nous livrent aux Anglais :
Les manants effarés, pleurant les moissons mûres,
Se sauvent au fracas tragique des armures,
Lorsque la trahison chante dans les palais.

« O laboureurs en qui la terre a mis son âme,
Vous qui nous aimez tant et qui vivez pour nous,
Resterez-vous ainsi tremblants sur les genoux,
Dans les sillons broyés et les forêts en flamme?

« Au niveau des malheurs élevez votre esprit.
Vos bras sont assez forts pour la grande épopée :
A défaut de charrue ils conduiront l'épée,
Et sauveront le sol natal qui vous nourrit. »

*
* *

Alors, sur le coteau solitaire, le hêtre
S'auréola soudain de célestes rayons.
Un silence infini tomba sur les sillons :
Et la Nature vit une enfant apparaître,
Pâle dans la blancheur de lumineux haillons.

Elle priait. C'était une pauvre bergère,
Paysanne aux regards par l'infini troublés ;

Ainsi qu'elle portait la gerbe d'or des blés,
Elle eût pu, sans faiblir dans sa marche légère,
Mettre un casque de cuivre à ses cheveux bouclés.

Fille des champs, son cœur comprenait la souffrance
De l'herbe des vallons et de l'arbre des bois.
Que lui faisait l'orgueil humilié des rois?
La bergère n'aimait que la terre de France,
Et, les yeux vers la terre, elle écoutait sa Voix.

O Jeanne d'Arc, tremblante à cette voix qui clame
La honte et la douleur du pays oppressé,
Tu partais, glaive au poing et le sein cuirassé;
Tu partais, en sentant tressaillir dans ton âme
Les âmes des aïeux et l'espoir du passé.

Les saintes du pays de France t'ont nommée!
Va sauver notre peuple et venger son affront,
O Jeanne d'Arc! le ciel a soufflé sur ton front;

Et tu peux maintenant, guerrière bien aimée,
Nous parler du devoir : les Français t'entendront.

O sainte, tu parus dans la lutte sans trêve ;
Tu disais : Dieu bénit la France et la défend !
Et, montrant le chemin au peuple triomphant,
Nous avons vu dans l'ombre étinceler le glaive
Dont l'archange Michel couvrait ton front d'enfant.

O la plus belle fleur d'une terre appauvrie,
Vierge que l'avenir nimbe de sa clarté,
La France salua ta grâce et ta beauté ;
Tu donnas la victoire et créas la patrie,
Et jetas dans l'écho le cri de liberté.

LES YEUX

A Al. Rouault

Pour lire dans son cœur, je regarde un passant
Aux yeux. Souvent les yeux sont des miroirs fidèles.
On peut fausser la voix, on peut voiler l'accent :
Le regard a toujours quelques lueurs rebelles.

Aussi tous les beaux yeux m'ont pris à leur azur,
Comme l'insecte fou qu'attire la lumière.
J'aime les yeux ardents ou doux : je me crois sûr
D'un homme, quand je vois du feu sous sa paupière.

Seuls les cœurs sans chaleur ont des yeux sans clarté.
Les cœurs aimants ont seuls le regard qui caresse :
Je voudrais dans mes yeux répandre ma gaîté,
Et, pour celle que j'aime, y mettre ma tendresse.

L'ASCÈTE

Oh ! que tous ces plaisirs sont courts. (IMITATION).

A M. Th. Pilven

Il marchait sur un mont, au bord d'un lac paisible ;
Prunelle accoutumée à sonder l'invisible,
Il regardait les eaux et le bleu firmament,
Mais sans voir la nuée errante et l'eau profonde,
Sans que l'aspect changeant des choses de ce monde
Pût troubler son grand cœur, calme éternellement.

Il avait pour abri la grotte solitaire
Où rien n'a pénétré des rumeurs de la terre,
Hors le souffle du vent et le chant de l'oiseau ;

11

Une source tombait de la roche entr'ouverte ;
Et, roulée en festons, une liane verte
Formait au seuil muet un mobile berceau.

Triste et grave, il allait sur la rive, dans l'ombre.
La nuit réfléchissait ses étoiles sans nombre,
Comme en un clair miroir, dans le lac endormi.
Il était jeune encore et pâli par l'étude ;
Et n'avait emporté dans cette solitude
Qu'un crucifix de fer, seul et sublime ami.

*
* *

Or, ce soir-là, rôdant au bord des eaux dormantes,
Tristement il songeait aux lointaines amantes
Qui brûlèrent son front de leurs baisers de feu :
Et le lac sommeillait dans le parfum des menthes,
Et, semé d'astres d'or, tout l'espace était bleu.

Il nommait en son cœur ces formes éphémères
Dans lesquelles jadis s'incarnaient ses chimères :

Oh ! les lourds cheveux blonds sur l'éclair des yeux noirs !
Et pas une n'a pu, sur ses lèvres amères,
Laisser le miel divin des éternels espoirs !

Tout à coup, s'élevant dans la brume indécise
Et mêlant une voix au soupir de la brise,
Elles vinrent vers lui, les bras entrelacés ;
Et le léger frisson des pieds sur l'herbe grise
Semblait le bruit connu de leurs anciens baisers.

Et les femmes chantaient d'une voix douce et lente :
« As-tu vu les oiseaux se chercher au printemps,
Les libellules d'or s'aimer sur l'eau tremblante,
Et la louve rugir près des loups haletants,
Dans les bois où la sève a fécondé la plante ?

« Pourquoi ton cœur aimant soudain s'est-il fermé ?
Nos noms, que tu mêlais dans les heures d'ivresse,
Ne vont-ils pas encor, sous le ciel embaumé,

Errer entre tes dents, ainsi qu'une caresse ?
Regarde, ô jeune ami : voici le mois de mai !

« Le temps n'est pas venu pour nous d'être moroses ;
Viens : le soleil joyeux a tiédi le gazon ;
Le soir en s'endormant a baisé les flots roses
Et mis un rêve épars sur le vague horizon,
Où nos lèvres en fleurs s'ouvrent comme des roses ».

Pensif, il écoutait chanter ces douces voix.
Il sentait s'éveiller son âme d'autrefois ;
Un désir inquiet brillait dans ses prunelles :
Et, le corps torturé par des fièvres charnelles,
Il s'enfuit, les deux bras ouverts, au fond des bois.

Mais quand il s'arrêta sous la sombre ramure,
Il entendit dans l'air courir un long murmure :
C'étaient les douces voix qui l'appelaient encor.
Morne, il cria vers Dieu : « Seigneur, je me crus fort,
Ayant l'austérité pour invincible armure.

Et voici que je sens trembler ma volonté.
Si vous ne mettez pas un ange à mon côté,
Je m'en vais retourner à la fange natale,
Et souiller à jamais ta candeur idéale
Que j'avais reconquise, ô sainte Pureté ! »

En de vagues lointains s'enfonçaient les allées.
Perçant les rameaux noirs de milliers de points d'or
Et courbant dans la nuit leurs voûtes étoilées,
Les cieux tristes ouvraient aux âmes désolées
La solitude bleue où le rêve s'endort.

La nuit se recueillait avec mélancolie;
Une étrange langueur flottait dans l'air béant.
Et les bois et les monts, tout semblait dire : Oublie
Les songes éternels et leur vaine folie,
Pour absorber ton cœur dans la paix du néant.

Mais l'ascète priait, à genoux sur la pierre :
« La Nature nous trompe et les plaisirs sont courts.

11·

Mon cœur est altéré d'amour et de lumière :
Je veux qu'un jour plus pur éclaire ma paupière,
Et j'attends un bonheur qui doit durer toujours ! »

Alors, le crucifix de fer, sur sa poitrine,
D'une étrange lueur rayonna brusquement.
Tous les bruits s'étaient tus sous l'ombrage dormant ;
Et l'ascète entendit parler la voix divine
Du jeune Dieu martyr qui mourut en aimant.

« O mon frère, l'amour des hommes, l'amour passe.
Le baiser dure moins que la bouche ; un plaisir,
Sans l'assouvir jamais, épuise le désir ;
Et le rêve retourne à l'insondable espace
Demander l'absolu qu'il n'a pas pu saisir.

« Moi, j'ai l'éternité pour apaiser tes fièvres ;
J'unirai l'âme à l'âme, aux profondeurs des cieux.
Ah ! les enlacements de deux corps anxieux

Ne valent pas mes pieds qui saignent sur tes lèvres
Et l'immense douceur de mes yeux sur tes yeux ! »

*
*   *

L'aurore se levait, joyeuse, rose et blanche.
Les larmes du matin tombaient de branche en branche ;
L'herbe mouillée avait des sourires humains ;
On entendait chanter des oiseaux invisibles...
Et des loups qui rôdaient sous les rameaux paisibles
Virent l'homme en extase et léchèrent ses mains.

Et, mollement bercé par la vaste harmonie,
Après les longs sanglots d'une nuit d'agonie,
L'ascète s'éveilla dans la clarté du jour.
Il sentit tout à coup, sur ses hautes pensées,
Le calme des grands bois, la fraîcheur des rosées,
S'épancher à jamais de l'immortel amour.

Il avait arrêté l'horizon de son âme
Au mystique infini que le calvaire enflamme
D'une aube éblouissante où monte l'avenir.
Il ne voyait que Dieu, dans la lueur profonde,
Qui, les deux bras en croix pour le salut du monde,
D'un grand geste semblait les lever pour bénir.

LA MORT DE PIERROT

A Henri Droniou

Pierrot, le blanc Pierrot, tombé dans la débine,
Compte les astres d'or du riche firmament :
« Et dire, songe-t-il, qu'il faudrait seulement
Deux gros sous pour payer des fleurs à Colombine! »

Il ne s'aperçoit pas que sous la nuit d'hiver
Les échos sont remplis du bruit des avalanches,
Et que, d'un froid manteau tissé de plumes blanches,
Le monde frissonnant s'est lentement couvert.

Non, Pierrot ne sent pas les morsures glacées
Que l'âpre vent du Nord met à son front blafard :
Il regarde l'étang où dort le nénufar,
Et roule en son cerveau de sinistres pensées.

Puis il regarde encor le vaste écrin des cieux
Où cent mille joyaux font comme une fournaise :
Les yeux écarquillés, il les compte à son aise,
Mais le pauvre Pierrot ne compte que des yeux.

Il chante doucement un air mélancolique,
Hélas ! pour attendrir les astres inhumains :
Nulle obole d'en haut ne tombe dans ses mains ;
L'avare firmament n'entend pas sa supplique.

Pierrot, désespéré par son affreux destin,
Baigne de pleurs amers sa face enfarinée...
O miracle ! voilà qu'une longue traînée
D'étoiles d'or s'écroule à l'horizon lointain !

Et, sans remercier l'azur, Pierrot s'élance...
Incendiant la neige et les mornes granits,
L'immense poudroiement des soleils infinis
Tombe au gouffre de l'ombre à travers le silence.

Et Pierrot tend les mains à la poussière d'or...
Sur les déserts de glace, au fond de la ravine,
Se disperse toujours la semence divine,
Sans éveiller l'écho de la terre qui dort.

Levant les yeux au ciel et se heurtant aux pierres,
Tel qu'un fantôme blanc sous le neigeux linceul,
Pierrot court; dans la nuit il passe, blême et seul :
Et les astres de flamme empourprent ses paupières.

Il franchit les torrents, il gravit les sommets...
Allumant dans sa chute un rose crépuscule,
Sous les cieux plus profonds le poudroiement recule,
Chaque astre tombe, luit, et s'éteint à jamais.

Dans l'enchevêtrement mystérieux des plantes
Pierrot se glisse en vain, — et, trompant son désir,
Au triomphal instant qu'il va pour les saisir,
Tombent plus loin encor les étoiles filantes.

Au milieu d'un grand bois dorment de tristes eaux
Que d'un rideau mouvant recouvrent des fleurs pâles ;
La nuit y fait flotter ses mourantes opales,
Et pose un reflet vague aux pointes des roseaux.

Mais voilà qu'une étoile en la glauque nymphée
S'abîme : un cercle d'or court sur la profondeur ;
Et l'on voit scintiller la lointaine splendeur,
Sous l'épaisseur des eaux lentement étouffée.

Pierrot la suit, les yeux levés, les bras ouverts.
Il lui faut ce trésor pour la femme qu'il aime !
Il roule dans l'herbage ; il appelle : et l'eau blême
Sur le rêveur trahi ferme ses glaïeuls verts.

Le silence et la mort l'enveloppent de voiles;
Pierrot repose en paix sur un lit de gazon...
Et le ciel ironique empourpre l'horizon
Du sillage éclatant de nouvelles étoiles.

TABLE

Cw ?

TABLE

PRÉLUDE

LES IMPRESSIONS

LES RÊVES

TABLE 139

IMPRIMÉ

PAR VICTOR BILLAUD

à Royan (Charente—Inférieure)

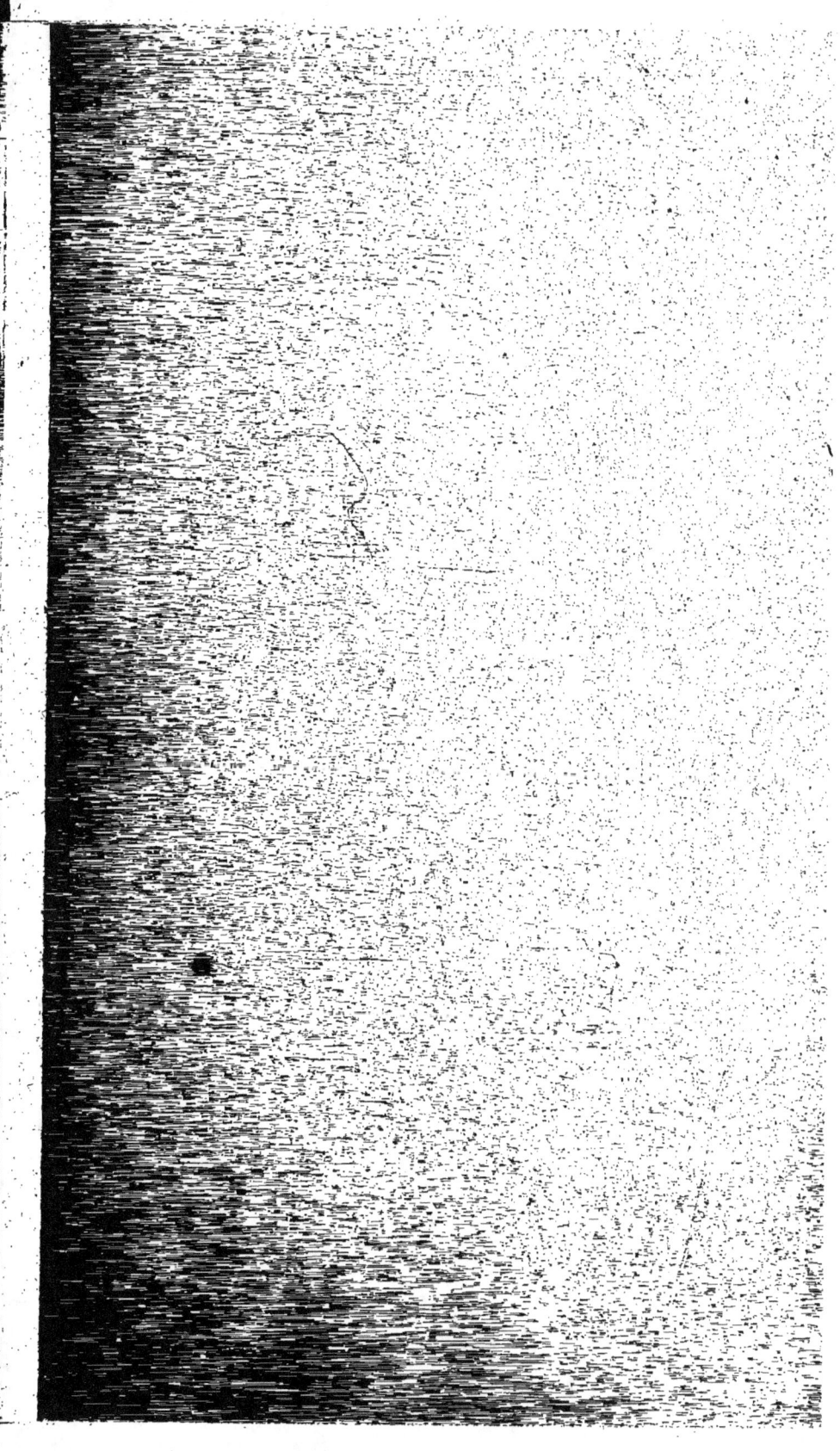

L'ACADÉMIE DES MUSES SANTONES

imprime chaque année

le meilleur des ouvrages de Poésie qui lui sont présentés

*
* *

ON SE PROCURE CES OUVRAGES

aux bureaux de l'Académie des Muses Santones

à Royan (Ch^te-Inf^re).

Royan. — Imp. Victor Billaud.